John Henry Mackay

Kinder des Hochlands

John Henry Mackay

Kinder des Hochlands

ISBN/EAN: 9783743339484

Hergestellt in Europa, USA, Kanada, Australien, Japan

Cover: Foto ©Andreas Hilbeck / pixelio.de

Manufactured and distributed by brebook publishing software (www.brebook.com)

John Henry Mackay

Kinder des Hochlands

Kinder des Hochlands.

Eine Dichtung aus Schottlands Bergen

von

John Henry Mackay.

Leipzig und Berlin

Verlag von Wilhelm Friedrich

K. Hofbuchhandlung.

1885.

Breathes there the man, with soul so dead,
Who never to himself hath said,
   This is my own, my native land!
Whose heart hath ne'er within him burn'd,
As home his footsteps he hath turn'd,
   From wandering on a foreign strand!

Sir Walter Scott,
The Lay of the Last Minstrel VI, 1.

Harfe des Nordens, die der große Meister rief,
Als sie den Zauberschlaf an Fillans Quelle schlief,
Und die auf seinen Ruf, von seiner mächt'gen Hand
Zu neuem Zauberspiel unnennbar süß gespannt,
Wie leises Wettersäuseln, wie Donnerrollen klang,
Befreiend es sein Volk, sein Heimathland durchdrang, —
Harfe des Nordens, kannst dem Jünger du vergeben,
Wenn er es kühnlich wagt, nicht ohn' geheimes Beben,
Denselben Weg zu gehn, den einst der Meister ging?
Vergieb! auch ihn die Pracht des Hochlands einst umfing,
Vergieb ihm! denn auch er ist jener Berge Sohn,
Und Heimweh, heißes Heimweh gab ihm des Liedes
              Ton — —
Jetzt weißt du, was dies Lied auf seine Lippen trieb:
Harfe des Nordens, muß ich jetzt noch flehn: „Vergieb!"?

Erster Gesang.

Duncan MacTavish.

Maday, Kinder des Hochlands.

Des Herbstes Boten kamen schon,
Und es begann auf seinem Thron
Der heiße Sommer zu ermatten.

Der Abend nahte. Leise Schatten
Entstiegen des Gebirges Gründen;
Noch einmal, wie um es zu künden,
Daß sie die Herrin, flammte glühend,
Ein Strahlenmeer rings um sich sprühend,
Die Sonne auf am letzten Grat,
Bevor sie an den Rückzug trat.

Wie eine Jungfrau unberührt,
Die nie von Liebe ward verführt,
Sich einem Manne hin zu eigen
Zu geben und ihr Haupt zu neigen,
So stolz und starr, so kraftvoll stark,
Die hehren Glieder voller Mark,
Und wankend nie in ihrem Muth
In stiller Pracht Mull Eiland ruht.

Doch prahlt sie nicht mit ihrer Pracht,
Wie's eitel manche Dirne macht:
Sie ist bewußt sich ihrer Zier,
Und das genügt bescheiden ihr.
Kein Schwächling darf in's Aug' ihr schaun,
Daß nicht befällt ihn stilles Graun,
Doch wer ihr naht mit off'nem Muth,
Dem flößt sie in die Adern Gluth,
Und wenn er dankbar heim dann kehrt,
Als Gastgeschenk sie ihm bescheert
Die stille Sehnsucht, die sein Herz
In fremdem Land zieht inselwärts,
Daß er ohn' süßes Weh im Innern
Mull Eilands nie sich kann erinnern.
Wie es im weiten Meere liegt,
Doch nicht ein zartes Kind, geschmiegt
In seiner Mutter treuen Arm,
Und dort geborgen, still und warm, —
Nein, wie ein erzgeschirmter Krieger,
Der aus dem Kampfe ging als Sieger,
Den Fuß auf feindes Nacken setzt,
Den er besiegt und dennoch schätzt.

Wo kühn und stolz sein Haupt empor
Der Insel höchster Berg, Ben More,
Bis in den Himmel, scheint es, streckt,
Der es mit Wolkenschleiern deckt,
Da ist der Insel schönster Theil!
Da hat Natur die Berge steil

Entkleidet ihrer Wälder Hülle,
Doch dafür in gewalt'ger Fülle
Der Blöße Zauberreiz entschleiert — —
Es stockt mein kleines Lied, es feiert.
Und schwelgt in der Erinnerung Wonnen,
Das kaum mit Zagen erst begonnen —
Frisch auf! Du darfst nicht feig verzagen,
Du sollst ja auch zu Andern tragen
Die Kunde von Mull Eilands Schöne!
Leih' dazu dir der Sehnsucht Töne,
Laß sie durch deine Worte klingen —
Vielleicht ein Herz — nur eins! — sie zwingen —

Um Ben More rings im Kreise liegen,
Schutzsuchend dicht an ihn sich schmiegen,
Viel hohe Berge, ernst und kalt.
Wenn rauh der Wind mit Allgewalt
Hin über ihre Höhen fährt,
Nur dürres Heidekraut er kehrt,
Das seinem Toben widersteht.
Voll Unmuth dann er weiter weht,
Und über Loch Ba's blauem Spiegel
Zu leichtem Spiel regt seine Flügel,
Bis er die Fläche so erregt,
Daß sie sich leicht in Falten legt,
Und höher kräuselt er die Wellen,
Wie sie am Uferkies zerschellen

Von Loch Ba's zauberischem Blau
Wende den Blick dorthin, wo grau
Der Himmel seine Riesenhand
Aus über Ben Bhe.is Gipfel spannt.
Dort, wo der Kamm des Bergs sich senkt,
Wo Felsen sich an Felsen drängt,
Dort liegt ein niedrig-kleines Haus.
So weltverlassen sieht es aus!
Sahst je du, wie sich baut sein Nest
Ein Schwalbenpaar, sicher und fest
An einer Mauer steile Wand,
Oder an eines Daches Rand?
Du wunderst dich, daß es nicht fällt,
Da keine Stütze doch es hält —
So lag das Hüttlein droben auch:
Der nächste, leise Windeshauch,
So zagt, wer droben es sieht schweben,
Wird's federleicht von dannen heben.

Doch in der Hütte wohnt kein Paar.
Es haust in ihr schon manches Jahr
Durch Wind und Wetter unbeirrt
Im Dienste seines Herrn ein Hirt.
Fürwahr, er hat kein leichtes Amt!
Zur völl'gen Einsamkeit verdammt
Sieht eines Menschen Angesicht
Oft tage-, wochenlang er nicht,
Dringt einer Menschenstimme Laut
In's Ohr ihm nicht, freundlich und traut.

Sein Hund sein einziger Gefährte,
All' seine Sorge seine Heerde!
So wird ihm diese Einsamkeit,
Die doch so endlos ist und weit,
Zu eng oft für sein volles Herz.
Der Tage Länge scheucht kein Scherz,
Aus Freundesmund kein frohes Wort,
Kein Blick aus Mädchenaugen fort.
Trüb sieht er oft den Tag beginnen,
Trüb ihn im Meer der Zeit verrinnen,
Das keine Spuren hinterläßt,
Das kein Erinnern ihm hält fest,
Denn jeder Tag dem vorigen gleicht,
Nur still und stiller hin er schleicht,
In seiner Seele ungebucht,
Wenn Abends er sein Lager sucht.
Doch Eins ihm diese Ruhe bringt:
Zur stillen Einkehr sie ihn zwingt.
Kein äußres Leben kann ihm geben
Die Stille, doch ein innres Leben
Giebt sie ihm reich: manchen ich weiß,
Der diesem gäbe gern den Preis!

Rings alles einsam, alles still! —
Da tönet plötzlich laut und schrill
Herauf auf wildzerrißner Kluft
Ein Schrei hin durch die kühle Luft.
Das ist das Adlerweib, den Horst
— Er liegt im Fels, der einstens borst

Im Sturm in grauser Wetternacht,
Kein Menschenfuß dorthin sich wagt —
Den Horst verlassend. Alles lauscht
Dem Flug, der durch die Lüfte rauscht.
Die Heerde springt erschrocken auf,
Das Reh beflügelt seinen Lauf,
Aus seinem Strauch das Birkhuhn fliegt,
Der Reiher, der sich droben wiegt,
Regt rascher seine weiten Schwingen,
Wie er den Schrei hört zu sich dringen,
Und Berg und Thäler werden wach
Und rufen ihn im Echo nach,
Und alles, was da kreucht und fleugt
Der Berge Königin sich beugt!
Doch wie sich schnell die Furcht geregt,
So schnell sie auch sich wieder legt,
Und bald liegt alles rings herum
Wie vordem lautlos, still und stumm.
Die Sonne ist in Nacht versunken!
Als hätte alles Licht getrunken
Die herrlich-strahlende in sich,
So aller Glanz mit ihr entwich.
Der Himmel, eben noch so blau,
Wird eingehüllt in düstres Grau,
Das rings sich um die Berge hängt
Und sich in alle Schluchten senkt.
Zu schwach des Mondes Silberlicht,
Daß es die Dunkelheit durchbricht,
Sein Glanz, der trostreich stets sonst funkelt

Am Sternenhimmel ist verdunkelt —
So oft der Schmerz um das Gemüth
Des Menschen dunkle Schleier zieht,
Daß selbst der Hoffnung milder Schein
Erlischt, — der Kummer bleibt allein
Zernagend jeder Ruhe Glück
Im tiefsten Inneren zurück.

Und immer mehr die Wolken drängen
Zusammen sich, stets tiefer hängen
Die düsteren und enger noch
Umziehen sie der Berge Joch.

Wenn von des Hirten kleinem Haus
Nach links man wendet sich hinaus,
Und schreitet dann auf stein'gem Pfad
Um Ben Bhegs zu Ben Goars Grat,
Gelangt man bald zu einer Stelle,
Wo Loch na Keals bläuliche Helle
Bis weit hinauf man leuchten sieht,
Die Bucht, die weit ins Land sich zieht
Und starr und trotzig Ulvas Land,
Umrauscht von weißem Wogenbrand,
Das mächtig sich der Fluth enthebt,
Man schaut die Möve, wie sie schwebt
In hastig-unabläss'gem Flug
Hoch über eines Schiffes Bug,
Das bald durch Gribun Headlands Wand
Verdeckt dem spähenden Blick entschwand.

Das ist der Platz, wo jeden Abend
— Wohl ist die Aussicht süß und labend —
Duncan, der Hirte, lange steht
Und unablässig niederspäht.
Wem gilt sein Blick? Dem Loch na Keal?
Dem weißen Strand, der silberhell
Das Dunkel selbst der Nacht durchdringt
Und ihm der Wellen Grüße bringt?

Auch heute Abend steht er dort,
Duncan MacTavish, fort und fort,
Zum Thal den heißen Blick gewandt,
Das längst in dunkler Nacht verschwand.
Wer sie dort stehn sieht, die Gestalt,
Reglos, von Finsterniß umwallt,
Und an den Felsen leicht gelehnt,
Der einz'ge Mensch ringsum, der wähnt,
Der alten Helden einer sei
Der Gruft entstiegen, — wild und frei
Noch einmal durch's Gebirg zu schweifen,
Noch einmal seinen Speer zu greifen,
Zum Kriege nicht — nein, nur zur Jagd,
Die einst so oft ihm Freud' gemacht,
Und nun, da schon der Abend naht
Auf des Gebirges steilem Pfad
Zur Höhe ist emporgestiegen,
Damit noch einmal überfliegen
Das trunkne Aug' die Heimath kann,
Bevor er still und traurig dann

Zur Erde legt den treuen Speer,
Und dann, entledigt seiner Wehr
Ins Grab sich wieder schlafen legt. —

Vorbei, du Traum! — Der unbewegt
Dort oben steht am Ben Goar
Niemals ein Held, ein großer, war.
Ein Hirt nur ist's: in's Auge schau
Dem schlichten Mann und ihm vertrau!
Denn hinter seiner Stirne klar,
Die rings umwallt von dunklem Haar,
Entstand ein Luggedanke nie,
Und keine Täuschung je gedieh
Aus einem Drucke seiner Hand.
Die stets als treu sich noch erfand,
Und daß ihm fremd jedweder Trug
Zeigt auch um Mund und Kinn der Zug.
Doch bald trübt Mitleid deinen Blick,
Wenn du es siehst, wie das Geschick
Dem Mann der Glieder Freiheit engte,
Ihn in der Lähmung Fesseln zwängte,
Wie ihm versagt sein linkes Knie
Den schuld'gen Dienst und daß er nie
Kann gehn, ohn' daß er mit Verdruß
Vom Stab sich Hülfe leihen muß.

Ist das es, was den leisen Zug
Des Schmerzes auf sein Antlitz trug?
Vielleicht — wohl ist es möglich — haben

Ihn andre Sorgen eingegraben,
Vielleicht der Schmerz, daß nie auf ihn
Der Strahl getreuer Liebe schien,
Daß er ihm nie die Tage kürzte,
Sein einsam-karges Mahl ihm würzte,
Vielleicht ein leidvolles Entsagen —
Du weißt es nicht, denn niemals klagen
Und nie sein Leid dir geben kund
Hörst du den fest geschloss'nen Mund.
Jedoch nicht immer ist so stumm er;
Zuweilen drängt es ihn, den Kummer
Der stillen Einsamkeit zu klagen,
Als könnte sie ihm helfen tragen,
Die Last, die ihm ward auferlegt.
Ihm ist, als ob er leichter trägt
Dann an der schweren — so auch heute!
Der Sehnsucht wildgequälte Beute
Dringt es von seinen Lippen, bald
Wie leise Klage, leicht verhallt,
Dann wieder stürmisch laut: so bäumt
Sich unter seinem Joch und schäumt
Ein edles Roß, — dann sucht er wieder
Mannhaft den Schmerz zu kämpfen nieder.
„Der Wandrer bin ich! — eine Last
Trägt er zu Berg, erliegend fast —
Nein, nicht dem Wandrer gleiche ich!
Er kann der Last entled'gen sich,
Wenn sie zu schwer ihm wird — mir ist
Gegeben keine solche Frist!

Mich hat das Elend festgekettet,
Das grauenvolle, nie gerettet
Werd ich von seiner Gegenwart!
O es ist schwer, unmenschlich hart
So ohne Hoffnung hinzugehn . . .
Wohin die müden Augen sehn
Ist einsam es — nur eine Brust,
Um auszuweinen Schmerz und Lust! —
Vermeff'ner Wunsch, niemals erreichst
Die Höhe du, zu der du steigst,
Der Loose allerschwerstes Loos
Ich zog es aus des Schicksals Schooß:
Allein zu sein, allein, allein! —
Allein mit meiner bittren Pein! —
Und so in nutzlosem Verlangen
Sind mir die Tage hingegangen,
Hat sich die Hoffnung mir entfernt —
Doch hab' ich von der Zeit gelernt
Die eine Lehre: sich bescheiden!
Und dann auch: seine kleinen Leiden
In tiefster Seele zu verbergen,
Und niemals von des Mitleids Schergen,
Daß sie um andre selbstlos bangen,
Kurz — mehr als Worte zu verlangen! —
Trostlose Weisheit, doch das Leben
Hat keine bessere mir gegeben,
Darum: Entsagen — sich bescheiden —
Und einsam, einsam — leiden — leiden —"

So leise-schmerzdurchbebt verklingend,
Die klare Luft mit Weh durchdringend,
Des Herzens schwere Klage endet,
Und langsam nun zum Gehen wendet
Sich Duncan seiner Hütte zu.
Sucht dort für seinen Schmerz er Ruh?
Er weiß es wohl, wie manche Nacht
Ihm keinen Schlummer schon gebracht!
Auch diese wird ihm keinen bringen.
Er fragt nicht mehr, warum die Schwingen
Des Schlafs nicht schweben über denen,
Die sie am heißesten ersehnen.

Noch einen Blick in's Thal zurück,
Als läge dort für ihn ein Glück,
Ein großes — und noch einmal weht
Ein Wort von seinem Mund, versteht
Der leise Nachtwind seinen Laut,
Der auf die Berge niederthaut?
„Dort unten — Alles! — Alles dort!" —
Es ist verklungen, — und den Ort
Verläßt der Hirt. — Nun Alles still,
Und nichts rings um mehr wachen will.
Mull Eiland schläft — o träume süß
Den Heldentraum, du Paradies!

Zweiter Gesang.

Sheila MacPhail.

Wo der Derryguaig Burn mit Toben,
Der in den Felsen entsprungen droben,
Nieder zum lachenden Thale fließt
Und in den Loch na Keal sich ergießt,
Dort in üppiger Wiesen Mitte
Steht eines Fischers einsame Hütte.

Zwar der einst wohnte in ihr, er ruht
Tief auf dem Grunde der Meeresfluth,
Einst in der Sturmnacht zog's ihn herab,
Rauschende Wellen wurden sein Grab;
Doch noch heute sein Weib und sein Kind
Die Bewohner der Hütte sind,
Niemals die Frau getrennt sich hätte
Von der ihr theuer gewordenen Stätte,
Wo das höchste Glück sie umschwebte,
Wo das tiefste Leid sie durchbebte.

Schön sind die Tage des Sommers: die Welt
Von der strahlenden Sonne erhellt!

Wohin das Auge schaut, lauteres Licht,
Das sich in sprühenden Strahlen bricht,
Allüberall die gewaltige Kraft,
Welche das Neue spielend erschafft.
Allüberall die vollendete Reife,
Da ist kein Halbes, wohin ich auch greife,
Allüberall so berauschend die Pracht,
Daß dich es reut, zu durchschlafen die Nacht!
Schön sind die Tage des Sommers: die Welt
Von der strahlenden Sonne erhellt!
Aber schön auch der Herbst, wenn kehret
Wieder die Sonne des Sommers und wehret
Seinem zerstörendem Werk, wenn die Spur,
Die er schon schrieb auf die welkende Flur,
Einmal errettend sie noch verwischt,
Bis auch ihr Strahl, der heiße, erlischt.
Schön ist der Herbst: noch einmal die Welt
Von der strahlenden Sonne erhellt! —
Schön sind die Jahre, in welchen der Mann
Steht auf dem sicher gezogenen Bann
Zwischen dem Alter der stürmischen Jahre
Und der Zeit, die sich nähert der Bahre,
Wenn er, in Allem zum Manne gereift,
Sicher und stark nach dem Ziele greift,
Wenn er, der strebenden Sicherheit Bild,
Seines Lebens Pflichten erfüllt!
Schön sind die Jahre des Mannes, doch schön
Auch der Blick von den dämmernden Höhn,
Die das nahende Alter erklommen,

Wenn es den Weg, den es aufwärts genommen,
Von der Erinnerung Sonne erleuchtet
Noch einmal übersieht, und sich feuchtet
Dann das Auge, das müde, — o schön
Ist auch der Abstieg erklommener Höhn! —
Schön ist der Herbst, wenn noch einmal die Welt
Golden das Sprühen der Sonne erhellt,
Schön bist du, schön, o Sommer im Herbst!
Der mit den herrlichsten Farben du färbst
Alle die Höhn, die in Purpur du tauchst,
Und mit stahlblauem Glanz überhauchst;
Schöner in prunklosem Schmuck, ihrer Heide,
Stehn sie, wie in dem reichsten Geschmeide,
Wenn der Sommer, der gütige, schenkt
Neidlos dem Herbste, der ihn doch verdrängt,
All seiner Sonne leuchtenden Glanz,
Duftige Blüthen aus seinem Kranz,
Wenn er sie legt mit sonnigen Grüßen
Scheidend dem nahenden Herbste zu Füßen ...

Auf der Hütte niedrigem Dach
Heiß des Nachmittags Sonne lag,
Doch die stumme, ermattende Gluth
Kühlte ein Windhauch, der von der Fluth
Nach dem Lande herüber zog.
Ueber die glitzernden Gräser er flog,
Beugte lustig die Halme, die schlanken,
Rührte der Rosen blühende Ranken,
Die der Hütte Wände umzogen,

Daß sie gegen die Scheiben sich bogen,
Trug ihrer Blüthen berauschenden Duft,
Weit dann hinaus in die sonnige Luft.

Da war Friede! — Kein Laut zerstörte
Seinen Zauber, kein Wahn bethörte
Hier die Menschen, kein Lärmen drang
Hier in das Thal. — Ob draußen bezwang
Kleinliche Sorge der Sterblichen Leben,
Ob die Welt ein fieberndes Streben
Machtvoll durchpulste mit rastlosem Schlag,
Ob das Geschick da draußen lag
Ueber den Völkern, furchtbar dräuend,
Oder voll Gnade, mit Segen erfreuend,
Hier war unzerstörbare Schöne!
Selbst der Zwietracht gehässige Töne,
Jauchzen des Sieges, Stöhnen des Falles,
Drangen hierher nicht — hier senkte auf Alles,
Leise dämpfend das Für und das Wider,
Eine harmonische Ruhe sich nieder.

Hörtest vielleicht in der Kindheit Tagen
Von einem Lande du singen und sagen,
Wo ein ewiger Friede waltet?
Wo kein Krieg die Völker zerspaltet?
Sagenhaft klang dir's, denn uns nicht bekannt
Ist ein solches gesegnetes Land —
Und du horchtest der Märe mit Sehnen!
Einst es zu finden mochtest du wähnen, —

Doch als die Jahre der Reife gekommen,
Haben den sehnlichen Wunsch sie genommen
Fort mit den anderen Träumen des Kindes;
Er verflog mit dem Sausen des Windes,
Der am Baum deines Leben gerüttelt
Und das Kranke zu Boden geschüttelt,
Dahin, wo alle Träume verwehen,
Die in den seligen Stunden entstehen,
Wo in gesteigerter Kraft wir vergessen
Uns mit menschlichem Maße zu messen!

Aber zuweilen zum rechten Weg
Führt uns des Traumes schwankender Steg.
Solch' ein seliger, ewiger Frieden
Ist dem Thal auf Mull Eiland beschieden,
Wo sich die Hügel von Dishig ziehn
Weit an Loch na Keals Strande hin.

In das Schweigen langsam hinaus
Tritt ein Mädchen, — und wie sie das Haus
Nun verläßt, scheint plötzlich ihr Leben
Die Natur wie ein Hauch zu durchbeben,
Wie ein Hauch, der entfeuert und stählt,
Der das Tote mit Leben beseelt,
So die Natur — kaum bewußt — es durchgleitet.
Nieder zum Strande das Mädchen schreitet.
Schmeichelnd umkosen mit zagendem Gruß
Schimmernde Wellen ihren Fuß,
Alles, was das Thal nur umhegt,

Sheila MacPhail zu dienen sich regt:
Ueber sie hin sich das Sonnenlicht
Wärmer wie vordem und lachender bricht;
Duftender scheinen die Blumen zu neigen
Sich zu ihr hin; es scheinet zu schweigen
Selbst der Mücken lästiger Schwarm,
Der in der Sonne gütigem Arm
Spielte voll Uebermuth; lachen die Auen
Holder ihr zu nicht? scheint nicht zu blauen
Klarer der Himmel, wie nun am Strand,
Auf die Fläche die Blicke gewandt,
Von der Schönheit Glanz übergossen,
Von der Keuschheit Zauber umflossen,
Von der Stärke Bewußtsein umweht,
Ruhvoll, das Kind ihres Thales, sie steht? —

Strahlendes Blau an des Himmels Bogen!
Blendend und tief, nur leise durchzogen
Hier und da von wolkigen Flocken,
Von der Wolken schimmernden Locken —
Tiefdunkles Blau hier unten die Fluth!
Still, unergründlich die Fläche ruht —
Wagt es dein Mund und dein Herz zu entscheiden,
Welches das schönere Blau von den Beiden?

Aber die Fluth und der Himmel vereinigt,
Doch zur Vollendung beseelt und gereinigt,
Ruhn in dem feuchten, dem schimmernden Blau,
In dem klaren, erquickenden Thau,

Der aus des Mädchens Augen entgegen
So berückend dir lacht, daß sich regen
In dir Gefühle, von denen die Brust
Kaum den Namen, den süßen, gewußt!

Wenige Schritte vom Hause entspringt
Eine Quelle dem Boden — das klingt,
Plätschert und sprudelt in einem fort,
Wie ein nimmer endendes Wort
Oft im Munde geschwätziger Leute,
Jeder verzweifelt, der ihre Beute.
Aber gerne hört jeder der trauten,
Plaudernden Quelle zu: nicht mit lauten,
Störenden Worten quält sie das Ohr,
Nein, aus dem Schoße der Erde hervor
Springt sie, verlassend die schirmenden Arme,
Stürzt sich hinein in das lockende, warme,
In das sie freundlich begrüßende Licht!
Und nun erzählt sie — und jubelt — und spricht,
Immer in frischen, erquickenden Tönen,
Und das Menschenkind höret der schönen,
Silbernen Fluth ohne Aufhören zu,
Bis ihn die Holde in friedvolle Ruh
Dankbar und ohne zu zürnen gewieget,
Bis er, zu ihren Füßen geschmieget,
Dann die Augen, die müden, schließt,
Und sie über den Schläfer dann gießt
Gaukelnder Träume luftige Schaar . . .
Auch dem Mädchen die Stelle war

Auch die Hände des Mädchens ruhn!
Und sie blickt auf die träumenden Wellen,
Die zu ihren Füßen zerschellen,
Blickt zur Ferne — und heißes Verlangen
Nimmt ihre Seele plötzlich gefangen.
Aber dann hebt sie, als ob es den Bann
Lösen könnte, zu singen an.
Wehmüthig leise ertönt ihr Lied,
Wie's über die dämmernden Fluthen zieht,
Wie der Sehnsucht entsagender Schrei es klingt,
Wie verletzter Stolz zum Himmel es dringt,
Dann wieder wie Liebe in rührendster Demuth,
Und wieder zerhallend in schmerzlicher Wehmuth,
Und endlich in stürmisch=gewaltiger Kraft,
Wie erwachender Trotz der Leidenschaft —
So über die dämmernden Fluthen zieht
Sheila MacPhails geliebtestes Lied:

> Wenn er geschritten kommt
> Nieder zum Thale,
> Wie wird das Herz mir schwer
> Mit einem Male!
Ich möchte weinen, bis es mir bricht —
Was mich beweget, er ahnet es nicht!

> Und wenn er vor mir steht,
> Sich zu mir neiget,
> Und ich ihm lausche —
> Mein Herz nicht schweiget!

Theuer und lieb und die seligsten Stunden
Stillen Alleinseins waren geschwunden
Ihr an dem traulichen Platze hin. —
Und auch heute lenkt sich ihr Sinn
Zu der Quelle und fort von dem Strand,
Und sie schreitet bergaufwärts gewandt.
Sicher ihr Schritt, doch anmuthig=leicht,
Und gar bald hat ihr Ziel sie erreicht.

Doch bevor auf den moosigen Stein
— Lockend zum Ruhen ladet er ein —
Sie sich niedersetzt, schnell noch bückt
Sie sich hierhin und dorthin und pflückt
Von der Heide, der starren, der zarten,
Alle der Farben verschiedene Arten,
Die den Fuß des Ben Atha umblühn.
Dazu des Farrenkrauts saftiges Grün;
Und sie beginnt, entwirrend das Ganze,
Sorgsam zu reihen zum zierlichen Kranze
Weiße und rothe Blüthen, und flicht
Dann um die schönen das Farrenkraut dicht.

Blüthe an Blüthe wird eifrig gewunden,
Schnell entfliehn ihr die eiligen Stunden,
Und als ihr fleißiges Werk sie geendet
Hat sich zum Scheiden die Sonne gewendet,
Und wie gen Westen die ruhlose schreitet
Ueber die Erde, die müde, gleitet
Hin das erste Dunkel — und nun

Ich möchte jubeln, bis es mir bricht —
Was mich beweget, er ahnet es nicht!

    Und wenn er wieder geht,
    Sich von mir wendet,
    Wie ist mit einem Mal
    Mein Glück geendet!
Wie da die Woge der Sehnsucht bricht
Ueber mich hin, er ahnet es nicht!

Das Lied hat geendet — den letzten Ton
Trägt das Wehen des Abends davon,
Aber nicht die dunklen Gewalten,
Die gefesselt das Mädchen halten.
All' ihr Kämpfen, es ist vergebens,
Denn das Verhängniß ihres Lebens
Leitet das Schicksal mit ehernen Händen,
Nutzlos das Ringen, es von sich zu wenden,
Machtlose Welle, zerschellend an Klippen!

Ohnmächtig fühlt sie's, doch von ihren Lippen
Es in stürmischen Worten bricht:
„Dir will ich's sagen, du stilles Licht,
Freund der Verlass'nen hört' ich dich nennen,
Freund sei auch mir und ich will dir bekennen,
Was ich bis heute, ohne zu klagen
Still im gequälten Herzen getragen.
Ja — ich lieb' ihn! — o armes Wort!
Arm — und dennoch mein ganzer Hort,

An dem mein Sein, mein gebrochenes hängt,
In das mein Fühlen, mein ganzes, sich drängt.
Ja — ich lieb ihn! — ich hab es bekannt,
Und nun sei auch hinaus es gesandt
In die es nimmer verrathende Stille,
Nun will ich hören es in der Fülle
Seines Wohllauts und will es genießen,
Mag auch mein Herzblut mit ihm entfließen.
Duncan MacTavish, du theurer Mann,
Mit Leib und mit Seele gehör' ich dir an!
Doch bitter schmerzt mich's, wenn achtlos du gehst
An mir vorüber und mich verschmähst —
Doch schweige, mein Herz, o schweige, schweige,
Eh' meine Liebe dem Stolzen ich zeige
Muß auf Mull Eilands geliebte Pracht
Sich senken des Unterganges Nacht,
Und wie die zärtliche Mutter ihr Kind,
Ihr einziges, schützet vor jeglichem Wind,
Auf daß erhalten das theure ihr bliebe,
So will ich auch bergen meine Liebe;
Ich nenne auf Erden sonst nichts mehr mein —
Sie will ich behalten für mich allein -
Und nie — nein niemals — ich ihm sie zeige —
O schweige, mein Herz — o schweige, schweige!"

Sie stockt — und dann mit jäher Gebärde
Zerreißt sie den Kranz und wirft ihn zur Erde,
Und eilet fort — in der Stille ist bald
Sheilas Schritt, der leichte, verhallt,

Und mit ihm sind die Worte verklungen,
Die von ihrem Munde gedrungen.

Ruhe ringsum! — den Frieden, den hehren,
Kann der Sterblichen Klage nicht stören!

Das war an desselbigen Tages Rand,
Als droben am Ben Goar Duncan stand.

Tiefer senkt sich die Schwinge der Nacht! —
Ueber die müde, träumende Pracht
Starrer Berge sie leise geht,
Durch die Thäler, die dunklen, sie weht,
In dem lautlos athmenden Flug,
Mit dem so oft schon treulich sie schlug
In des Schlafes ersehnte Bande
Die ihrer Obhut vertrauten Lande.

Tiefer senkt sich der Fittich der Nacht! —
Allen den Müden sei Trost ja gebracht!
Ueber die Hütte voll Mitleid er fliegt,
Bald hat Sheila in Schlaf er gewiegt,
Lindernd die heiße Stirne streifend,
Nieder des Traumes Labung träufend.

Tiefer senkt sich und tiefer die Nacht! —
Bis den gesegneten Flug sie vollbracht,
Und sich der Tag vom Lager erhebt.
Da erst erlöst nach oben sie schwebt,
Wissend, daß die Erde geborgen

Träumet entgegen dem nahenden Morgen.
Golden der Sonne erwachendes Licht
Ihre enteilende Schwinge durchbricht,
Himmelwärts hebt sich die strahlende — weit
Weit bis hinauf zur Unendlichkeit!

Dritter Gesang.

Die Werbung.

Des Mißmuths Wolke überflog des Morgens
Zu neuem Tag eben erwachtes Antlitz,
Und düstres Dunkel lag auf seinen Zügen,
Die graue Nebelschleier hüllend deckten.
Doch bald zerriß des Himmels Regenschauer
Ihr zart' Gewebe, trieb es machtvoll fort,
Daß es zerflatterte im weiten Aether.

Und wie sich aus den dichten Nebeln mälig,
Erst unklar und verschwommen, sichtbar dann
Der Berge Massen scheu, doch trotzig hoben,
Goß sich des Regens unerwünschte Fluth,
Als ob sie nie versiegen wolle, nieder
Auf die enthüllten. — Doch die Schönheit
Ward Mull als unentreißbares Besitzthum,
Als es dem Meer entstieg, von der Natur,
Ein hold Geschenk der gütigen, gegeben.
Auch jetzt noch schmückte sie das Eiland treulich:
Der Silberbäche reiche Perlenschnüre
In's dunkelbraune Heidehaar geflochten,
Das war der Schmuck, den sie ihm heut' verlieh.

Um Strande Loch na Keals, den jenen Morgen
Die Fluth, die ebbende, verlassen hatte,
Um bald auf's Neu ihn wieder zu bespülen,
Schritt hin ein Mann in ungeduld'gem Hasten;
Den Blick, den düstren, auf den unwegsamen,
Den von der Regenfluth zerwasch'nen Weg
Geheftet, schritt er stumm und rastlos vorwärts.
Nur dann und wann, wenn auf den nassen Steinen
Sein Fußtritt ausglitt, wenn der Wind ihm wehte
Das Plaid von seinen Schultern, wenn der Regen
Ihm gar zu arg in's finstre Antlitz schlug,
Daß er den Schritt, den eiligen, hemmen mußte,
Entfuhr ein Wort des Unmuths seinen Lippen.
Sonst waren fest die blutlosen geschlossen,
So fest, daß unbewußt der böse Zug,
Der auf dem Antlitz lag, der Zug der Falschheit,
Schärfer hervortrat, denn gewöhnlich barg
Er in dem kurzgeschnitt'nen Barte sich,
Der dicht das Kinn, die Wangen dicht bedeckte.

Zwar oft gehemmt, von Regen ganz durchnäßt,
Doch stetig-sicher vorwärts kam der Mann,
Und jeder Schritt, der ihn dem Ziele näher
— Schon lag es sichtbar vor ihm, das erstrebte,
Die Hütte war's, in welcher Sheila wohnte —
Und näher brachte, wurde schneller noch,
Und in dem Auge flammte es zuweilen,
Wenn er die abnehmende Entfernung maß,
Wie Wetterleuchten auf, das Unheil kündet,

Wie ein Triumph, wie sündhaftes Begehren —
Was wollte dieser Mann in jener Hütte?
O Glen na Keal, droht deinem Kind Gefahr?

In ihres Hauses schmaler Thür stand Sheila.
Ihr blaues Auge schaute durch den Regen,
Der, als ob ihrem Wunsche er gehorchte,
Langsamer jetzt und feiner niedersprühte,
Hinauf zum Himmel; dunkle Wolken jagten
In trägem Spiel einander, doch die grauen
Durchbrach es hoffnungsvoll, hier blau, da weiß,
Ein Stück des Himmels, der dahinter lag,
Ein Kinderantlitz, das durch Thränen lächelt ...

Auf Sheilas Zügen lag der Ruhe Abglanz.
Doch flog ein finstrer Schatten durch sie hin,
Als sie den Mann gewahrte, welcher eilig,
Wie er sie sah, den Hügelfuß erklomm.
Doch blieb sie stehn und wandte nicht den Blick,
Auch dann nicht, als der Wandrer hochaufathmend,
Die Stirn sich trocknend, grüßend vor ihr stand,
Und kühl erwiderte sie seinen Gruß.

„Ich kam hierher, weil ich dich sehen wollte" —

„Und was wollt Ihr von mir?" — so klang es kalt
Von Sheilas Lippen, während klar und fest
Ihr blaues Auge auf dem Manne ruhte.
Er hob den scheuen Blick vom Boden auf,
Er glitt an der Gestalt des Mädchens aufwärts,

Bevor er ihren traf, doch konnte er
Ihn nicht ertragen und sein Auge suchte
Den Boden wieder, als er so begann:

„Was frägst du, Sheila, weißt du es doch gut,
Was mich hierhertrieb durch den nassen Morgen" —
Er stockte, fuhr dann zuversichtlich fort,
Und reckte selbstbewußt sich höher auf,
„Und heute komme ich, um dich zu fragen"
— War's Hochmuth, war es Frechheit, war es Beides,
Was aus den selbstbewußten Worten sprach? —
„Um dich zu fragen, ob du als mein Weib
Mir folgen willst — in's Herrenhaus die Herrin?"
Dann fügt er bei: „Sprich, Sheila, willst du das?"

Sichrer und sichrer war sein Wort geworden,
Und keck sah jetzt er zu dem Mädchen auf,
Erwartend, daß bestürzt von solchem Glück,
Das er ihr bot, sie dankend es entgegen,
Wie eine Huld, wie eine große, nähme.

Im ersten Augenblick stand Sheila stumm,
Wie überrascht, so unerwartet kam.
So plötzlich diese Frage ihr — jedoch
Schnell, ohne Zögern gab sie dann die Antwort.
Hochaufgerichtet stand sie in der Thür.
In ihren Augen blitzte zornig es,
Auf ihren schönen Zügen aber kämpfte
Abscheu und Widerwille mit Verachtung,

Als diese Worte ihre Lippen ließen:
„Gut, Thomas Goldie, daß Ihr endlich offen,
Wie es dem Ehrenmanne ziemet, sprecht.
Und offen soll auch meine Antwort sein!
So schwer wie der Entschluß für Euch gewesen
Um eines armes Fischermädchens Hand
Zu werben voller Trotz, so leicht ist es
Für mich des reichen Pächtersohnes Antrag
Von mir zu weisen — glaubt nicht, Thomas Goldie,
Daß wie Ihr jene Kleidung, Schottland Tracht,
Einst eine Zier für seine edlen Söhne,
Heut' — nicht mehr das, was ehedem sie war,
Euch angemaßt — denn nie gebührt sie Euch
Dem Jren — daß so gnädig auch zu winken
Ihr einer Tochter dieses Land's nur brauchtet
Um sie zu zwingen, daß sie froh Euch folge —
Nein, Thomas Goldie, maßt Euch das nicht an!
Ich werde niemals Euer Weib! — Warum?
Weil weder Euch noch Euren Sinn ich liebe."

Sie zögert einen Augenblick, dann fährt sie
In edlem Zorn mit fester Stimme fort:

„Ich will vergessen, daß Ihr mich schon oft
Mit Anträgen bestürmt, die anders,
Ganz anders lauteten, wie dieser heut'ge.
Doch nie kann ich vergessen, wie Ihr damals,
Vor einem halben Jahre war's vielleicht,
Die arme Una aus der Hütte stießet

Mit ihrem kleinen Kind, als ihr der Mann
In Eurem Dienst gestorben und sie selbst
Vor Kummer krank hülflos darniederlag.
Seht, Thomas Goldie, das vergeß' ich nie,
Denn das hat mir gezeigt, wie schlecht Ihr seid,
Wie herzlos und wie feig — und noch einmal:
Sheila MacPhail wird niemals Euer Weib!"

Sie hatte rasch gesprochen, auf den Wangen
Lag der Erregung Röthe, als sie dann
Mit schnellem Griff die Thüre öffnete,
In's Haus trat und sie hinter sich verschloß.

Da drinnen sah es freundlich aus, zwar schlicht
War Alles nur, doch Alles so geordnet,
Daß es das Auge wohlthuend berührte,
Wenn prüfend es den kleinen Raum durchglitt.
Im vorderen Gemach blieb Sheila stehen,
Zusammenschauernd — doch dann strich sie schnell
Mit ihrer kalten Hand hin über ihre
Von Zorn erglühte Stirne, und sich fassend
Trat sie in's Nebenzimmer leise ein.
Da stand im Hintergrund ein niedrig Bett,
Und in dem Bett lag eine alte Frau —
So alt nicht, doch des Lebens Schwere hatte
Auf ihres Hauptes Scheitel frühen Schnee
Des Alters schon getragen, böse Krankheit
Lag wochenlang nun schon auf Sheila's Mutter,
Und jeder Tag verkürzte ihres Lebens
Nur hier und da noch jäh aufflackernd Licht.

Mit dem durch Krankheit noch geschärften Ohr
Hatte die lauten Worte sie vernommen,
Ihr Mutterauge konnte auch nicht täuschen
Die Ruhe, welche Sheila sich erzwungen.
„Wer war da eben?" — fragte sie besorgt.
„Nur Thomas Goldie war es, liebe Mutter" —
„Und was hat er von dir gewollt, mein Kind?"

Nur zögernd, um der Kranken theure Ruhe
Zu stören nicht, gab Sheila ihr die Antwort,
Doch auch zu wahr, um sorgend sie zu täuschen —
„Ich mußte ihm die Wege weisen, welche
Er schon zu oft zu übertreten wagte" —
„Vor jenem Manne hüte dich, mein Kind,
Ich kannt' ihn schon, als er ein Knabe war.
Schon damals war er falsch und hinterlistig,
Und wenn das Leben diese Eigenschaften
Verwischt auch, nie kann es sie ganz vertilgen."

An's Lager liebevoll trat Sheila hin,
Und beugte still sich zu der Mutter nieder,
Die schwachen Glieder sorgsam weicher bettend,
Und aus der Kranken Auge flog ein Strahl
Voll wärmster Mutterlieb', voll frohsten Stolzes,
Wie einen Kuß auf ihre Stirn sie drückte.

Indessen sprühte draußen unaufhaltsam
Der Regen nieder in demselben grauen,
In stets demselben einen grauen Fall.

Noch immer stand, wie fassungslos, zerschmettert,
Der Mann da — und aus seiner Brust rang sich
Ein Stöhnen — bang zugleich und wild — und
                                        drohend —
Als ob, was eben er gehört, was eben
Er hören mußte, diese bittre Wahrheit
— Doch bittrer war sie sicher nicht als wahr —
Er könne fassen nicht. — Dann ging er stumm
Den Berg hinab, den eben er erklommen.

Doch als er unten angelangt, schien sich
Der Alp von seiner Brust plötzlich zu lösen
Und drohend hob die Hand er zu der Hütte,
Die friedlich dalag, als ob eben nicht
Die lauten Worte Sheila's sie vernommen,
Wie er hinauf in heißem Zorne rief:
„Mich hat sie fortgewiesen und warum? —
Weil weder mich noch meinen Sinn sie liebt!
Darum?! — nein, weil sie jenen Hirten liebt,
Den lahmen Duncan! — o ich weiß es wohl,
Daß sie ihm anhängt, seit er sie vor Jahren
Dort oben aus den Felsen holte. — Hätte
Er dort sie doch gelassen, dann ständ' ich
Jetzt hier nicht kläglich wie ein dummer Knabe,
Der Schläge sich geholt, weil naseweis —"
Ein heisres Lachen drang aus seinem Munde,
Doch fuhr er dann in grimmem Zorne fort:
„Doch Duncan — er soll es mir wahrlich büßen,
Daß er die freche Hand zu strecken wagte

Nach dieses Thales Rose, die ich liebe! —
Daß diese Rose scharfe Dornen hat,
Das hab' ich leider eben erst verspürt. —
Was zög're ich noch hier! Ich will hinauf
Und jenen Burschen seiner Wege weisen,
Aus meinem Dienst — o daß nicht bis hierher
Mein Wort reicht, daß s i e gehn und bleiben heißt!"

Von Ulva und Gometra, deren dunkle
Der Fluth enthob'ne Massen in dem Grau
Bis jetzt unsichtbar fast verborgen lagen,
Zog über Dishigs Hügel frisch und klar
Ein Windhauch, dem der Regen machtlos wich.

Glücklich der Mann, dem frischer Hoffnung Lufthauch
Den grauen Gram forthebt von seiner Seele,
Mit dem er macht- und hoffnungslos gerungen,
So stark gerungen, daß die scharfen Fesseln
Sich immer fester um den Geist nur zogen!

Den Schlaf beendet hatte nun die Sonne,
Und einen Feuerstrahl hernieder sendend
— Mit Blitzesschnelle fuhr er aus den Wolken —
Begrüßte sie die regennasse Erde,
Und streifte, immer hell're Strahlen sendend,
Wie spielend hin über der Heide Pracht,
In Diamanten all' die tausend Tropfen,
Die an den feinen Blüthen hingen, wandelnd.
So hold entschäd'gend für ihr langes Weilen.

Von Neuem nun begann der Pächtersfohn
Den Berghang zu erklimmen, — diesmal aber
Des Mädchens Haus zur Linken liegen laffend,
Am Derryguaig den Weg nach oben nehmend.
Noch düstrer war sein scheuer Blick geworden,
Noch fester haftete er auf dem Boden,
Doch mit derselben unverdroß'nen Starrheit
Klomm Schritt um Schritt er am Ben Atha aufwärts.
Auch nicht ein einziger Blick flog niederwärts,
Auch nicht ein einziger auf des Wassers Fülle,
Die ihm zur Seite rauschten, wenn der Bach
Den steilen Abhang jauchzend übersprang,
Und dann im stein'gen Bette leise grollend
Weißschäumend immer weiter thalwärts strömte.

Ben Athas Hügelhöhe war erreicht,
Die unabsehbar ringsum Heide hüllte! —
Schon deckt den Blick in's Thal Ben Goars Gipfel
Und Ben Bhegs Massen steigen mächtig auf.
Nur wenige Schritte noch und Duncans Hütte
Liegt vor dem Wand'rer, wenige Schritte noch
Und Thomas Goldie steht vor seinem Hirten,
Ihn kurz und hochmuthsvoll begrüßend, während
Er nach dem Worte seines Kommens suchte.

Doch eh' er es gefunden, hat schon Duncan,
Den Hund beschwicht'gend, welcher zornig knurrend
Dem ihm doch wohlbekannten Pächter drohte,

Den Gruß erwiedert und ihn angeredet:
„Ein seltener Besuch, Herr, und für mich
Heut' doppelt angenehm, denn er enthebt
Des Ganges mich zu Euch, den ich beschlossen —"
„Des Ganges Euch zu mir — und weshalb das?" —

„Ich wollte bitten Euch, mich meines Dienstes,
Deß nun drei Jahre ich für Euch gewartet,
Jetzt zu entheben, Herr, denn seht, er wird
Zu schwer —" doch weiter kam er nicht; es brach
In heft'gem Zorn von Goldies Lippen los:
„So, Ihr wollt fort! nun — doch das muß ich sagen,
Das trifft sich gut! Und wißt Ihr es wohl auch,
Weshalb ich zu Euch komme? — weil ich grade
Euch meines Diensts entlassen wollte — fragt
Ihr nach dem Grunde, Duncan, wohl bei mir?"

Des Hirten Antlitz überflog es schnell.
Die leise Röthe der Erregung war es,
Da er die höhn'schen Worte hören mußte.

„Gewiß frag' ich darnach — zwar bin ich lahm,
Es war nicht Noth, mich daran zu erinnern.
Doch, Herr, so lang ich Hirte bin am Ben,
Verlort Ihr noch kein einzig Schaf der Heerde.
Selbst vor'gen Winter nicht, als eingeschneit
Sie wochenlang am Felsenhange lagen.
Kein Tadel, der gerecht ist, wird mich treffen.

Jedoch," und hier ward seine Stimme auch
Ein wenig spöttisch, "freut es mich nun doppelt,
Daß ich zuvor Euch kam, daß ich es war —"
"Geht, geht — und geht noch heute!" unterbrach
Des Pächters Sohn den Hirten ungestüm.
"Und Glück bei Sheila!" — mit dem Hohneswort
Hat schon das Plaid er fester um die Schultern
Geschlagen und der Hütte Kreis verlassen,
Schnell ist die düstere Gestalt verschwunden.

Doch Duncan's Antlitz auch ward finsterer.
"Was sollte das?! — Ich — Glück bei Sheila — hat
Sie seiner Werbung doch Gehör gegeben?
Was andres kann es sein, daß er mir hohnvoll
Ein Glück wünscht, als daß er es selbst besitzt?
Sheila und dieser Mann! — schon der Gedanke
Treibt mir die heiße Gluth in Herz und Stirn.
Sheila und dieser Mann! — wohl kann entsagen
Dem Glücke ich, sie selber zu besitzen,
Doch in den Armen jenes Menschen sie —"
So flogen schnell in jähem Wirbelsturz,
Wie über'n Fels die Wasser brausend schäumen,
Ihm die Gedanken durch die Stirn. An sich
Denkt er nicht mehr, nicht mehr an seine Heerde,
Die er doch heute schon verlassen muß.
Da fühlt er seines Hundes feuchte Schnauze
An seiner festgeballten Hand — zurück
Ruft ihn das treue Thier auch jetzt und zärtlich
Läßt über seinen schlanken Hals er hin

Sie gleiten: „Ja — uns zwei kann Niemand trennen,
Du gehst mit mir, mein treuester Genosse,
Und hilfst dem Einsamen dort draußen suchen
Die neue Heimath — doch kein neues Glück! —"

Erfrischende Kühle durchfluthet die Luft,
Vom Meere weht sie herüber
Zu Dishigs Hügeln, die trüber,
Umdüsterter Himmel in Nebel geschlagen.
Der Wind, der noch vor wenigen Tagen
Von Sheilas Hütte der Rosen Duft
Weit über die Fluthen getragen
Spielt nun mit den welkenden Blüthen
In übermüthigem Wüthen.

Auch in der Hütte sah's traurig aus:
Bei jedem Windstoß, der gegen das Haus
Sich kehrte, es im Grunde erschütternd,
Der Tochter Arm noch fester umspannt,
Die kranke Mutter mit bebender Hand,
In Fieberschauern erzitternd.

Am Rande des Bettes das Mädchen kniet,
In gesteigerter Angst sie das Leben
Der theuren Mutter entschwinden sieht,

Vierter Gesang.

Damals! . . . . . .

Und näher und näher schweben
Mit schwarzem Fittich den graufamen Tod,
Der feinen fchrecklichen Gruß entbot.

Da richtet die Kranke fich plötzlich empor,
Und an das hochauflaufchende Ohr
Der Tochter ein Name: „Duncan" dringt,
Und im Herzen tief drinnen er wieder klingt
Vor der Mutter innerem Auge fteht
Urplötzlich ein Bild aus vergangener Zeit,
An das nun ein Wort nach dem andern fich reiht.
Kein einz'ges dem laufchenden Mädchen entgeht,
Ob auch fchon oft aus der Mutter Mund
Sie jenes Tages Erlebniß vernommen.

Was ift wohl heute in diefer Stund'
Ueber die fterbende Frau gekommen?
Will fie noch fefter in's Herz es ihr prägen.
Tiefer in ihre Seele noch legen? —
Ach, dort hat fchon ein heißes Lieben
Unauslöfchlich es eingefchrieben!

Aber noch nie fo lebendig trat
Vor die Jungfrau die rettende That
Des geliebten Mannes, noch nie
Hörte fo fprechen die Mutter fie.
Und vergebens fucht ängftlich zu wehren
Ihren Worten fie, die ihre Kraft
Mehr und mehr noch drohn zu verzehren.

Noch einmal aus der Krankheit hast
Sich die Seele der Alten entwindet,
Ehe befreit sie für immer entschwindet.

— „Das war ein Sturm, wie ich ihn noch nie
Auf dieser Insel erlebte!
Der Himmel ein Meer von Blitzen spie,
Das Eiland im Grunde erbebte,
Die Wolken, ränderumzogen
Mit rothen Streifen, flogen
Am finsteren Himmel gleich Boten,
Die Unheil den Menschen verkündeten.
Es war, als ob die zuckenden Blitze
Auf jedes Berges erschauernder Spitze
Glühende Flammen entzündeten,
Die hochauf sprühten und lohten.
Dazwischen des Donners dumpfes Gerolle,
Entfesselt das Meer, das zornestolle,
Die Wogen wälzte gen Dishig's Strand,
Und gährend kochte ihr schäumender Brand!
Und ich allein! — und du nicht bei mir! —
In die Berge warst du gestiegen
Um Mittag schon, keine Seele bei dir,
An die du dich konntest schmiegen.
O meine Angst! — so hat in der Brust
Mein Herz nur einmal geschlagen,
Als deinen Vater ich draußen gewußt,
Als ihn mir die Wellen getragen,
Die mörderischen, zum blinkenden Strand . . .

Graunvoll jenes Tages Ereigniß stand
Vor der angstvollen Seele mir, da ich in's Thal
Deinen Namen rief in furchtbarer Qual,
Und hinauf zu den Bergen — wer hörte die Klage,
Wer gab mir Antwort auf meine Frage? . . .
Jede Rettung war fern, kein Mensch war nah,
Doch wären auch tausend gewesen da,
Wer hätte gewagt sich dort droben hinauf? —
Um die Hütte irrt' ich in ruhlosem Lauf,
Mein fieberndes Denken wußte zu geben
Ihm kein Wohin — ihm kein sicheres Ziel.
Ich sah im Geiste dich schweben
Hoch über des wasserdurchtosten,
Des gähnenden Abgrunds schwindelndem Rand,
Sah, wie die Stürme, die rauhen, erbosten
Zerfetzten dein dünnes, kurzes Gewand —
So trieb die Ungewißheit ihr Spiel
Grausam mit ihr und ich fühlte die Kraft,
Mälig mir schwinden; ob aufgerafft
Von der furchtbaren Angst mit eiserner Hand,
Ich immer von Neuem auch ward,
Ich fühlte, wie mehr und mehr sie mir schwandt
Aus der keuchenden Brust drang matt nur und har.
Dein Name hervor noch — doch kaum erklungen
Hatte der Sturm ihn wieder verschlungen.
Da, als die Hoffnung mir gänzlich entschwunden,
Da, nach den bangen, den schrecklichen Stunden
Kam mir Hülfe, — so plötzlich stand
Duncan vor mir, daß dem Aug' ich nicht glaubte!

So sieht der Schiffer, dem Alles raubte
Trügrisches Meer auf einmal den Strand
Vor sich, den theuren, der längst ihm entschwand.
„Wo ist Sheila?" — stieß Duncan hervor.
Trostlose Frage! — und ob auch nicht geben
Antwort ich konnte, drang sie an's Ohr
Doch mir wie neues, gerettetes Leben.
„Wo ist Sheila?" — so rief er wieder,
Angstvoll und bang. „Dort oben — dort!" —
Wußte zu sagen ich nur, doch das Wort,
War gesprochen noch nicht — und hinauf
Sah ich ihn eilen in stürmischem Lauf —
Dann bedeckte die Nacht meine Lider." —

Schnell, ohne Zögern und mächtig beseelt
Hatte die kranke Mutter erzählt,
Und zurück sinkt sie dann in die Kissen
Von der zitternden Tochter gestützt.

Aber auch Sheila, von Neuem gerissen
Von der Erinnerung stürmisch=gewaltsam,
Wie vom Bergstrom so unaufhaltsam,
Zu ihrer Liebe durch Nichts geschützt,
Lebt im Geist wieder durch jenen Tag.
Und sie fühlt wieder des Herzens Schlag,
Wie er sie damals voll Furcht durchbebte,
Als zwischen Tod und Leben sie schwebte
Oben am Atha, wie hinauf sie gestiegen,
Wo seine Trümmer, die wilden, liegen.

Auf die Kranke hat Schlaf sich gesenkt,
Und, was sie eben noch stürmisch bedrängt
Hat er leise gehoben von hinnen.
Immer noch Sheila am Bette kniet,
Doch als die Mutter sie schlummern sieht,
Ruhig und sanft, erhebt sie sich sacht,
Setzt an des niedrigen Bettes Rand
Leise sich nieder und stützt in die Hand
Ihre Stirne. — Was angefacht
In ihr ward, die Gedanken, sie spinnen
Weiter sich nun um jenen Tag,
Alle zum festen Band sich vereinen,
Das sich schlingt um den Einen — den Einen —
Lautlose Stille beherrscht das Gemach.

Damals war über der Kindheit Grenze
Kaum sie geschritten, waren vom Lenze
Kaum ihr die ersten Blüthen gereicht,
Trug sie das Leben noch spielend und leicht.
Weiße Heide wollte sie pflücken
Oben am Berge um kindlich zu schmücken
Des verstorbenen Vaters Bild.
Doch als zum Niedersteig endlich sie wenden
Langsam sich wollte, da plötzlich wild
Brach das Gewitter, das grause, aus.
Mochte die Blicke sie nieder senden
Nicht mehr sah sie ihr väterlich Haus,
Finsterniß hatte Alles bedeckt,
Hatte die Bucht und das Land versteckt.

Jeder Schritt riß immer nur mehr
Sie in das Ungewisse hinein,
Suchend schwankte sie hin und her,
Irrte sie durch das wüste Gestein.
Da drang durch den Sturm hin zu ihr ein Laut,
Der klang so wohlbekannt ihr und traut,
Und zwang sie ihm schärfer und schärfer zu lauschen.
„Das ist der Derryguaig, das ist sein Rauschen!"
Klang es wie Jubelruf von ihren Lippen.
Und wie der Pfeil, von der Sehne beschwingt,
Schnell durch die Luft zum Ziele dringt,
Eilte sie durch die benäßten Klippen
Neugestählt nun dem Flusse zu.

„Dort bin ich sicher, dort finde ich Ruh!
Derryguaig, Drryguaig, schütze mich heute,
Daß ich dem Sturme nicht falle zur Beute!"
Näher und näher erklang durch das Sausen
Zu ihr des heimischen Bergstromes Brausen,
Mächtig, in furchtbar dräuendem Sang —
Und je näher sie kommt, desto bänger
Wird ihr's um's Herz, und desto enger
Schnürte die Brust sich ihr zu — das klang
So gewaltig, wie nie sie's gehört.
„Vorwärts! Noch nie hat mein Fluß mich bethört!"—

Da stand sie am Fluß, an sich selber irr,
Und sah in der fallenden Wasser Gewirr.
„Bist du der Derryguaig, den sie so nennen?

Bist du der Bach, welcher spielend und mild,
Kindlicher Freude erquickendes Bild,
Loch na Keals Waffern bisher sich geeint? —
Ja, du bist es! — Doch wie es mir scheint
Soll ich erst heute dich wahrhaft erkennen,
Nie vernahm ich wie heut' deine Stimme,
So voll Zorn, so in wildestem Grimme.
Derryguaig, glaubst du, du könntest mich schrecken?
Nein, o nein — dein Fels mich decken
Vor des Sturmes wilder Gewalt!"

Nieder klomm sie zur schützenden Kluft,
Dort geschirmt vor der eisigen Luft
Schmiegte sich an die schlanke Gestalt.
Ueber ihr wälzte der schäumende Fluß
Seiner Wellen tosenden Guß,
Ob ihrem Haupte warf ihn der Stein
Zu dem felsigen Bette nieder,
Dort sich klärend reckt er die Glieder,
Ehe von Neuem er kräftig sie setzt
An zu frischem Sprunge, um wieder
Weiter zu strömen dann unverletzt
In seiner Fluthen weißschäumenden Schein.
Anfangs zwar zuckte durch Sheilas Brust
Es wie der Wildheit unzähmbare Lust,
Aber als Stunde auf Stunde verrann,
Ohne die Wucht des Sturmes zu enden,
Mälig ein banges Gefühl sie umspann,
Und sie klammerte mit den Händen

Fester sich an das kalte Gestein.
Was sie vorher nicht gefühlt, daß allein,
Ganz allein sie hier oben war,
Das durchbebte sie plötzlich mit Schrecken,
Und sie ahnte die nahe Gefahr,
Und daß der Fels sie nicht würde decken
Vor der Blitze jäh tötender Macht,
Vor der Stürme wild tobender Schlacht.
Bei jedem Strahle, der niederzuckte
Tiefer sie sich und zitternder duckte,
Wie ein Vöglein, das fern dem Neste,
Fern von des Baumes treuem Geäste
Sich auf dem weiten Felde verirrte.
— „Duncan" — rief sie und dann verwirrte
Sich ihr Denken: es war ihr als spülte
Sie die tosende Welle herab
In ein offenes, gähnendes Grab . . .

Als sie wieder erwachte, da kühlte
Um sie die Luft der Nacht und sie sah
Vor sich blinken der Hütte Licht —
Vor sich die Mutter — und da — und da —
Neben ihr, bleich — mit zerschmettertem Knie
— Ach, sein Auge, es sah sie nicht! —
Lag er, Duncan — — und „Duncan!" schrie
Auf sie so wild, mit so weher Macht,
Daß es durchbebte den Sturm und die Nacht!

Wie er gerettet sie, wie er vernommen
Ihren Ruf und wie er gekommen

Grade zur rechten, zur höchsten Zeit,
Wie er sie nieder zum Thale getragen
Hin durch den Sturm und ohne zu zagen,
Wie von höheren Kräften geweiht,
Wie er dann, nur noch wenige Schritte
Von dem schirmenden Dache der Hütte
Ueber den grollenden, brausenden Fluß
Hülfe zu holen voll Muth geschritten,
Wie sein ermatteter, zitternder Fuß
Aus an dem letzten Steine geglitten,
Ihn die Welle gefaßt, wie sie brach
Ueber ihn hin und im Abgrund er lag,
Aber sie selber am Ufer gebettet,
Wie er zerschlagen sich kaum noch gerettet —
Alles das von der Mutter vernahm
Sie in der Zeit, der trüben, der schweren,
Die n a c h jenem Tage kam —
Jener Zeit, in welcher vom Bette
Duncans kein Mensch sie gerissen hätte,
Immer bemüht, seinen Schmerzen zu wehren;
Ob auch kein Wort ihm entfuhr, diese Schmerzen,
O sie fühlte sie doppelt mit,
Fühlte im eigenen blutenden Herzen,
Was er um sie stolzschweigend litt! — —

Wie ist es ruhig und still im Gemach!
Sheila vernimmt ihres Herzens Schlag,
Und als könnte zur Ruh sie ihn bringen,
Der Erinnerung Wogen bezwingen,

Tritt sie zum Fenster — und lange sieht
Sie hinaus auf das Meer, wo im Kreise
In ihrer hastig-unstäten Weise
Eine einsame Möve zieht . . . . .
„Damals, ja damals waren wir Kinder,
Durften uns sehen Tag aus und Tag ein,
Lebten sorglos dahin und geschwinder
Floh uns die Zeit, als wir es gedacht
O so wie damals er hold mir gelacht
Lacht mir nie wieder des Glückes Schein,
So wie damals, so unbewußt
Füllt er nie wieder die müde Brust!
Jener Tag, er mußte mir's sagen,
Daß ich ihn liebe und seit jenem Tag
Hab' ich sein Bild im Innern getragen,
Galt ihm des Herzens jeglicher Schlag.
O warum ward es anders? — warum
Ward er seitdem so scheu und so stumm?
Damals sind uns, den treuen Genossen,
Glücklich und still die Jahre verflossen,
Bis jener Tag des Verhängnisses kam:
Alles er gab — und alles er nahm!
Alles gab er — die Liebe, die süße!
Alles nahm er — er nahm ihn mir! —
Will er, daß ich die Rettung büße?
Was war der Grund, daß so schnell von hier
Gleich nachdem er vom Lager erstanden,
Drauf ihn die Lähmung gehalten in Banden,
Er in die Berge als Hirte ging?

Daß jeden Dank er von sich wehrte?
Kaum daß ein freundliches Wort er begehrte,
Schätzt meinen Dank er so ganz denn gering?
Alles, alles thu' ich für ihn —
Aber ihn bitten: „hier, nimm mich hin!"
Und er mich fortweist — das kann ich nicht,
Und wenn das Herz mir in Stücke bricht!
O warum heute doch dieses Erinnern,
Dieses verzehrende Weh im Innern?
Mich darf beseelen kein andrer Gedanke,
Als an die Mutter, die theure, die Kranke —"
Sie will sich wenden — was hält ihren Blick
Noch da draußen am Strande zurück?
„Duncan! — ist's möglich? o was er wohl will?"
Schnell einen Blick auf die Mutter, die still
Schlummert, dann geht sie ihm eilig entgegen.
In der nächsten Minute legen
Sich zwei zitternde Hände zusammen,
Aber ob heiß auch die Herzen flammen,
Doch die scheuen Blicke sich meiden

Liebe, o Liebe, wie machst du so blind!

Endlich dann zögernd nun Duncan beginnt:
„Sheila, ich komme dir Abschied zu sagen,
Da ich von hier schon morgen muß scheiden —"

Es ist gesprochen das Wort — und offen
Liegt vor Sheila der Abgrund, in den

Mit ihm versinkt ihr letztes Hoffen.
Rettungslos, stumm — und ohne klagen
Sieht sie es fallen und untergehn.

Wieder verstummt die Beiden nun stehn.
Was durch die Seele des Mannes geht?
Was das Mädchen erkältend umweht?
Weher Trotz — und Scheu vor der Frage,
Trotziger Stolz, der verbietet die Klage.

— Darf mein Anblick ihr Glück vermindern?
Daß sie's erreicht, ich will es nicht hindern.
Weil ich gerettet sie, darum als Lohn
Sollt' ich, der Krüppel, für mich sie begehren?
Nein — auch des Pächters reichem Sohn
Darf ich sie heimzuführen nicht wehren! —

Immer noch schweigen sie — beide versenkt
In ihr Leid und von Zweifeln bedrängt.

„Sprich, wie so schnell das geschehen kann?"

„Allzu mühsam der Dienst mir ward —"

„Wenn du gehn mußt, dann geh! — weniger hart
Mög' er in fremdem Lande dir werden!"

„Und du, Sheila, — glücklich auf Erden!"

„Ich!" — lacht sie auf. — Dann: „Habe Dank
Noch für das, was an mir du gethan, —
Ich muß hinein, denn die Mutter ist krank..."

Noch einmal ihre Hände sich fassen,
Um dann gelöst sich für immer zu lassen;
Noch einmal trifft sich trübe ihr Blick —
Und in die Hütte eilt Sheila zurück. —

Wie sie dort drinnen mit sich ringt,
Wie das Weh von den Lippen ihr dringt,
Wie nicht mehr wissend, was sie beginnt,
Dann sie bewußtlos zu Boden bricht —
Das sieht sein Auge, sein totes, nicht! ...

Liebe, o Liebe — wie machst du so blind!

Fünfter Gesang.

Gerint!

O wie bist du schön, mein theures Eiland,
Wenn auf eine markig-kühnen Züge
Sich des Herbstes tiefe Schwermuth senkt!
Webt sie in den grauen Nebeln nicht,
Die so oft dich schleiergleich verhüllen?
In dem Zittern, welches Loch das Fluth,
Wie die Seele eine Ahnung, streift?
In der todesstarren Einsamkeit, die droben
Auf den Höhen, drunten in den Thälern
Ihre kalte Hand auf jeden lauten
Ton des Lebens, ihn verklärend, legt? —

Diese Schwermuth, wie sie dich verschönt!
Wie sie dir des Zaubers Siegel aufdrückt,
Der die Menschenseelen alle, alle
Gnadlos hin zu deinen Füßen zwingt!
Heil und Wehe dem, der deines Auges
Unergründlich-tiefe Klarheit schaute!
Weh ihm! — denn ihn faßt ein heißes Sehnen
Immer wieder in die dunkle Tiefe,
Die ihn mehr und mehr zu sich hinabzieht,

Seinen schönheitstrunknen Blick zu senken
Heil ihm! denn er durfte unverhüllt
Die Natur in ihrer Schönheit schauen,
Durfte Herz an Herz mit ihr von ihrem Munde
Kraft sich für sein armes Leben küssen!

Ben Mors Haupt umstrich ein frischer Wind,
Und er badete die hohe Stirne
In der klaren Morgenkühle freudig.

Noch lag Morgenruhe auf den Gipfeln,
Da verließ ein Mann die Hirtenhütte,
Die am Ben Bheg weltverloren lag.
Duncan war es. Nun zum letzten Male
Nimmt er Abschied von der treuen Heerde
Nun zum letzten Male schweift sein Auge
Von der langbewohnten Stätte nieder
In das Thal, zu Loch Bas Spiegel nieder,
Der so oft ihm winkte tröstend mild,
Wenn der Einsamkeit trübschwarzer Fittich
Um das Haupt ihm strich in schwerem Fluge.

Nun zum letzten Male nimmt er Abschied —
Ruft dann seinen Hund und niederwärts
Sieht man ihn in sichrem Schritte schreiten.

Ja, in sichrem Schritte: mochte auch
Lähmung ihm des linken Knies Bewegung
Hemmen, — daß seit seiner Kindheit Tagen

Er auf diesen Bergen jeden Steg
Mehr als hundertmal begangen, daß er
Jeden Stein fast kannte, jede Klippe,
Das verräth sein fester Gang, wie nun
Bald mit keckem Sprung, der immer sicher
Auf den vorgedachten Fleck ihn brachte,
Bald mit stetem Schritt am schwindelnd-steilen,
Jäh hernieder stürzenden Berghang hin
Er vom Ben Bheg thalwärts niedersteigt

Mehr und mehr wird Loch Bas Bläue sichtbar.
Jetzt das Herrenhaus, das blinkendweiß
Aus der dunklen Edeltannen Dickicht
— Rings im Umkreis waren diese Tannen
Dort am Fuß des Bergs der einz'ge Baumschmuck —
Sich emporhebt, wie aus dunkler Fluth
Leuchtend steigt des Sees weiße Rose.

Weiter! — sieh, da liegt die Insel vor ihm!
Dort ist Salens sanftgeschwung'ne Bucht,
Hier das Wasser Loch na Keals mit Macht
In das Herz der Insel eingedrungen.
Wie zwei Liebende, die heißes Sehnen
Sich zu einen, zu einander zieht,
Und die dennoch ewiglich geschieden
Nur von fern sich schaun und grüßen dürfen.

Bis zur Morverns wilden Hügelketten,
Bis zu Ardnamurchans leicht gewellten,

Darf sich nun der trunkne Blick verlieren,
Darf den blauen Meeresstreifen grüßen,
Der Mull Eiland von dem Festland scheidet.

„Sound of Mull, mit schwerem Herzen nur
Gebe heut' ich deinen Gruß zurück!"
Spricht der Wandrer. „Morgen wirst du tragen
Mich zu jenen blauen Bergen, welche
Einer neuen Zukunft Keim mir bergen.
Seid mir gnädig, fremde, blaue Berge,
Seid dem Manne freundlich, der zu Euch
Mit zerriss'nem Herzen kommt, voll Wehmuth
Bei euch eine neue Heimath suchend!"

Duncan steht und schaut mit trübem Auge
Hin zur Ferne, aber wie sie freundlich
Auch ihm zulacht, immer weher zuckt
In der wunden Brust das heiße Herz.

„Das der Abschied! — Und so soll ich scheiden! —
Nein, es darf, es kann — es kann nicht sein! —
Ich kann scheiden und ich kann entsagen,
Wer von Herzen liebt hat Kraft dazu —
Keine Klage soll von meinen Lippen
Als ein Zeugniß meiner Schwachheit gehen;
Keine Klage soll ihr neues Glück
Je verdüstern, kein Erinnern soll,
Keine Dankbarkeit sie je bedrücken —
Aber so — nein, so kann ich nicht gehen!

Wie so bleich des Mädchens Wangen sind!
Welcher Ernst in diesen jungen Zügen,
Den die harte Hand des Schicksals eingrub!
Und wie lieblich doch — begehrenswerth
Auch in dieser marmorkalten Ruhe
Werden diese Lippen nie mehr lachen?
Wir die Knospe, die der kalte Wind
Sorglos überfuhr, sich nie zur Blüthe
Anderen zur Freude mehr erschließen?

Ja, sie wird es, denn Mull Eilands Kindern
Ward umsonst nicht in die Wiege schon
Der Gesundheit unschätzbare Gabe
Als der Väter Erbtheil mitgegeben.
Darum pulst in ihnen eine Kraft,
Die im Sturme schwanken wohl und beben,
Aber nie im Grunde wanken kann
Zeigt die Eiche mir, der nie der Wind
Ihres Stammes Gipfel machtvoll beugte?
Aber dann, wenn ausgetobt das Wetter,
Steht sie hehr und starr, wie vordem da,
Höher noch die stolze Krone hebend.
So auch Sheila! — wohl durchbohrt der Schmerz
Mit zweischneid'gem Schwert in dieser Stunde
Ihrer Kindesseele zarte Knospe, —
Doch zugleich weiht er das Kind zum Weibe!

Während Sheila an dem Bett der Toten
Stumm in thränenlosem Jammer kniet,

Einmal noch muß ich ihr Auge sehen,
Muß in ihm ich die Gewißheit lesen,
Daß sie wahrhaft glücklich wird — und dann
Will ich gehen — still für ewig gehen ....
Auch das fremde Land — fremd ist es mir,
Wenn auch Schotten gleich wie ich dort wohnen,
Fremd ist mir's, denn mir ist einzig Heimath
Mulls geliebter, nie verlaß'ner Boden —
Auch das fremde Land, das drüben winkt,
Wird so eng nicht sein, daß nicht dem Fremden
Einen kleinen Raum es huldvoll gönnte! —
Dann wird oft mein Blick herüberfliegen,
Thränenschwer, doch voll der süßen Hoffnung,
Daß hier Sheila glücklich, — glücklich weilt ..."

Was die Wellen Loch na Keals wohl rauschen?
Was der Möwe heis'rer Schrei wohl klagt,
Die der Hütte einsam Dach umkreist?
Wollen sie ihr Mitleid Sheila künden?
Sheila, — der die Mutter ward genommen?
Ihre Mutter, die vor wenig Stunden,
Segen für ihr Kind auf ihren Lippen,
Liebe in dem brechenden Auge, starb! —
Starr und regungslos sitzt Sheila da —
Keine Thräne lindert ihren Schmerz;
Wie er weh auch aufsteigt in der müden,
Der zerriss'nen Brust, wie's heiß auch dringt
In das matte Auge — starr und trocken
Blickt es unverwandt zur Erde nieder.

Schleicht ein Mann sich um das Haus — so lauert
Auf die Beute der blutdürst'ge Tiger.
Thomas Goldie ist es — Unbemerkt
Hat er sich zum Fenster hingeschlichen.
Nun schaut er mit glühendheißen Blicken
In das Innere, seine Blicke hängen
An der Jungfrau reinen Zügen, dann
Freudig fast erschrocken fährt er auf:
„Sah ich recht? — die Alte — sie ist tot!
Sheila nun allein! — Ha, will das Glück
Sich so unverhofft mir günstig zeigen?
Daß ein Narr ich wäre es zu lassen!
Und was hindert mich in dieser Stunde
Noch das Mädchen mein — ganz mein zu nennen?"
Wieder späht er gierig in das Zimmer.

Ahnt das Mädchen, daß Gefahr ihr droht?
Plötzlich wendet sie das holde Antlitz
Und zusammenschreckend sieht am Fenster
Thomas Goldie sie mit raschem Blicke.
Doch nur einen Augenblick erschrickt sie;
Ruhig steht sie auf dann und die Thüre
Oeffnend steht sie vor dem Pächter da.
„Thomas Goldie, Ihr schon wieder hier?
Meine Antwort, denke ich, war deutlich!"
„Deine Antwort!" lacht in grimmem Zorne
Uebermannt von wilder Leidenschaft der Pächter,
„Sag, beharrst du heute noch dabei? —"
„Meßt mein Wort Ihr nach dem Euren ab? —

„Thomas Goldie, geht — Jhr irret Euch!"
„Nein, ich gehe nicht — ich will doch sehen
Ob du wirklich so bist, wie du scheinst —"
Und er faßt mit frecher Hand die ihre,
Seine Lippen nähern sich den ihren,
Mit dem Arm umschlingt er ihren Nacken,
Und ein Kampf beginnt, wie heißer nicht
Je ein Weib um seine Ehre rang!
Berge! Könnt so stumm und kalt ihr liegen?
Stürzt ihr euch nicht auf den frechen Buben,
Der es wagt, mit seinen schmutz'gen Händen
Eurer reinen Tochter sich zu nahen.
Wogen! Was rauscht ihr so ruhig fort!
Seht ihr denn nicht, wie sie unterliegen
Seinen rohen, gier'gen Kräften endlich muß?

„Laßt mich!" — schreit von Abscheu überwältigt
Auf sie wild und stößt von Neuem kraftvoll
Jhn zurück, doch wilder nur und gieriger
Stürmt er auf sie ein. — Thürmt euch, ihr Wogen,
Hoch empor und reißt zur tiefsten Tiefe
Den hinab, der mit unheiligen Füßen
Mulls geweihtes Land in seinem Kinde
Wagt zu schänden — könnt ihr denn das dulden

Stumm und starr in hehrer Majestät,
Die der Sterblichen kleinliches Treiben
Nicht berühret, liegt das Eiland da.
In derselben stillen Größe rauschen,

Unbekümmert um der Menschen Wehe,
Gegen Dishigs Stand die Wogen an,
Nur wie immer furchtbar-leise grollend.

Mehr und mehr fühlt Sheila ihre Kräfte,
Mehr und mehr die irren Sinne schwinden.
Schon fühlt sie den Athem seines Mundes —
Da mit mächt'gem, wildem Ruck wird plötzlich
Hinterrücks des Pächterssohn geschleudert,
Daß den Bergeshang er hinabfällt,
Und befreit von ihm steht Sheila da!

War's ein Traum? — Sie schlägt die Augen auf:
Duncan steht vor ihr — glühend vor Zorn
Niederblickend auf den Feind, der langsam
Sich erhebt — jedoch in trotz'gem Grimme
Halb beschämt nicht wagt ihn anzugreifen.
Und so hoch und stolz, so frei und stark
Stand der schlichte Hirte vor dem Herren,
Daß die Augen dieser senken mußte,
Daß er grollend kaum zu höhn'schem Worte
Noch die Stirn sich nehmend in der Richtung,
Welche Duncans Hand ihm wies, davon schlich. —

Schon war um den Berghang er verschwunden,
Und noch immer stehn die Beiden wortlos,
Mit den Blicken immer noch sich meidend.
Da schaut Sheila auf. Aus ihren Augen
Fällt ein heißer Strahl auf den Geliebten,

Und aus ihrer Brust, der heftig wogenden,
Ringt sich's zögernd, doch entschlossen, los:
„Duncan, dir zum zweiten Male nun
Schulde ich dies Leben — denn was eben
Mir gedroht, weit schlimmer wär's gewesen,
Als der Tod in Wasserfluth und Stürmen.
Duncan! — dieses Leben, es ist zwiefach,
Dieses arme Herz mit seiner Liebe,
Es ist dein — willst du es haben, Duncan?"

„Sheila — Sheila! Wie geschieht mir denn!
Sag's noch einmal, daß das blöde Ohr
Sich nicht täuschte — Sheila, hört' es recht?" —

„Ja, es hörte recht! Du Lieber, Lieber,
Warst du blind denn, daß du nicht gesehen,
Was mein Auge sprach, indeß die Lippe
Schweigen mußte, denn sie durft' nicht reden —
Doch du hast's verstanden, sie zu öffnen! —
Und auch jetzt noch sprichst du nicht zu mir,
Muß ich dich erst fragen: „Liebst du mich?" —

„Sheila, tausendmal sollst du es hören:
Ja, ich liebe dich! — doch durfte ich denn
Sprechen — durfte ich denn zu dir kommen,
Ich —" er schaut voll Wehmuth auf den Krückstab.

„Duncan, und war ich es nicht — — o schweige!
Ich, die so unendlich viel dir schuldet,

Daß ein ganzes Leben voller Liebe
Nie vermag die Maaße gleich zu machen!
Laß mich Stab dir sein und stete Stütze,
Doch auch du sei mir es, denn allein,"
Und ihr Aug' umflorte tiefe Trauer,
„Steh ich auf der Welt: die Mutter ward
Heut erlöst von ihrem schwerem Leiden —"
„Deine Mutter tot!" frägt er erschrocken,
„Sheila, wenn sie je ersetzt kann werden
Soll sie es durch mich und meine Liebe!"

Da birgt jäh aufschluchzend sie ihr Haupt
Fest an seiner Brust und weinet leise —
Und ihr ist, als ob mit ihren Thränen
All das Leid von ihrer Brust sich löse,
All der trotz'ge Stolz, das wehe Sehnen,
Alles, was bisher auf ihr gelegen . . . . . .

Duncan aber hält in seinen Armen
Fest, so fest sie, wie wenn Sorg' er hege,
Daß mit ihr sein neues Glück ihm schnell
Wie's gekommen wieder schwinden könne.

Und zum ersten, scheuen Kusse einen
Sich die Lippen nun der beiden Menschen.
Erster Kuß! — O deine Seligkeiten
Einzig der ermißt, der in des Lebens
Gold'nem Lenz ihn selber küssen durfte,

Ungestüm in lang verhalt'ner Sehnsucht,
Und doch scheu in ahnungsbanger Keuschheit.

Aneinander fest gelehnet stehen
Droben stumm die Beiden — nun vereint!

Und sie glauben in der Wogen Rauschen
Das Versprechen künft'gen Glück's zu hören —
Ahnend nicht, daß eines großen Glückes
Sichre Bürgschaft in sich selbst sie tragen!

Nun ist mein Lied geendet — Harfe des Nordens, Dank!
Daß du mir treu verbliebest, als hinter mir versank
In grauer Nebelferne Mull Eilands hehre Pracht,
Die meine kranke Seele gesund und stark gemacht,
Dem Ziele zuzustreben, dem ich mich ganz geweiht —
O gieb, daß aus dem Keime dereinst die Frucht gedeiht!
Und doch hast du dem Herzen, dem du so viel geschenkt,
Nach ewig-wahrer Schönheit die Sehnsucht eingesenkt:
Die drängt, da nun verklungen des Liedes schlichtes Wort,
Und webt und treibt im Innern zu neuem Schaffen fort,
Ruhlos dem einen Ziele, dem heiß erstrebten, zu! —
Nur manchmal gönnst dem Geiste zurückzuschaun du Ruh'.
Dann steigt in lichter Schöne die Heimath mir empor,
Die ich so kurz besessen, und ach! so bald verlor — —
Um mich rauscht das Getriebe der Welt, so kalt, so hohl —
Die Lippe flüstert leise: „Mull Eiland, lebe wohl!"

Bemerkung

Der Name Sheila wird ausgesprochen wie Schiela, Keal wie Kell.